KB198851

고래책빵 동시집 58

내가 졌다 네가 이겼다

시 · 최미숙
그림 · 은모레

작가의 말

자연이 안겨 준 선물들

자연을 만나러 가는 길은
언제나 마음눈이 먼저 반짝였지요.
자연과 걷고 뛰고 고요히 마주 보고 있으면서 '자연스럽다'는 말이
얼마나 아름다운 말인지, 멋진 칭찬인지 알게 되었지요.
그리고
지혜롭게 더불어 살아가는 그들 앞에서
행복이 어떤 것인지도 알게 되었어요.

시간을 내어
들로, 강으로, 산으로, 바다로 가보아요.
그들은 헤아릴 수 없이, 소중하고 아름다운 선물을 안겨주어요.
안온함, 의연함, 신비로움, 경이로움….
이렇게 그들로부터 받은 선물들을 함께 나누고 싶어
여기에 펼쳐 놓았어요.

여러분 마음에서 한 떨기 꽃으로 피어나면 좋겠어요.
길 가다 만난 노오란 씀바귀 꽃처럼
둘레길을 걷다가 만난 파아란 달개비 꽃처럼.

최미숙

차례

1부 | 새싹

2부 | 산들바람

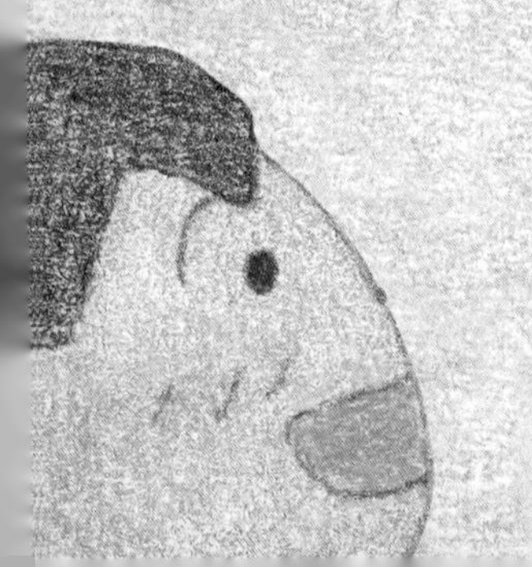

3부 | 진짜 부자

4부 | 호두까기 인형

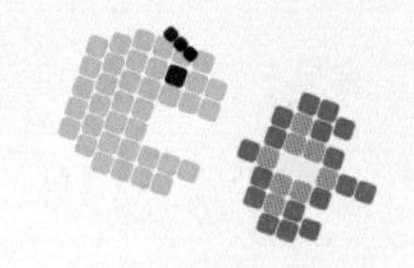

1부

새싹

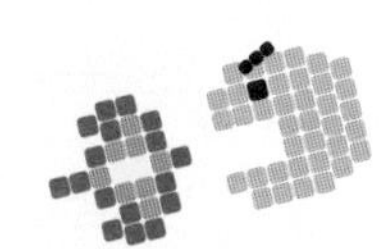

알람새

쯔빗 쯔빗 쯔빗
호르르 꾹꾹
딱 따그르르르

캠핑장 이른 아침
울리는
알람 소리

단잠을 깨우는
방해꾼들이지요

하지만

쫑알대는 소리 예뻐

침낭에서 나오지 않을 수 없어요.

봄 산

노랑
분홍
연두

여기 저기

예쁜 색만 골라 칠하는

아기 그림.

부탁

새봄
기지개 켠 산골물

졸졸졸졸
쫄
쫄
쫄

듣고만 가셔요
보고만 가셔요

물고기가 살고 있어요.

종이배

누나하고 재미있게 접은 종이배

시냇물에 가만히 띄웠습니다

예쁜 누나 마음

장난쟁이 내 마음

소복소복 싣고서

까딱까딱 동동 잘도 갑니다.

새싹

수선화 싹이 돋았어요

어! 그런데
새순이
쪼글쪼글하네요

땅 속에서
쪼그리고 앉아
기다렸나봐요

펴주고 싶지만
다칠 것 같아

가만
두고 봅니다.

뽀리뱅이 꽃

문병 가는 길
노오란 색 작은 꽃이
웃고 있다

할머니가 좋아하는
뽀리뱅이 꽃

얼른 스마트폰에 담아가
보여드렸다

- 뽀리뱅이구나!

- 할머니 얼른 나으세요.

초승달

학원 공부 마치고
문을 나서니
어둑어둑 땅거미 진다

빌딩 숲 사이로
얼굴 내민
은빛 초승달
나를 보고 웃는다

오늘 밤엔
함께 자야겠다
초승달이랑.

산 오르기

뻘뻘 땀 흘리면
산바람이 닦아주고

헉헉 숨 차오르면
산골 물이
물 한 모금 마시래

힘겨워
그루터기에 주저앉으면
산새가 응원해

드디어 다 올랐다

야호~~

꽃이 되고 싶어

꽃은
송이송이
향기로 말하지

수다스럽지 않아

나도
이런 꽃이 되고 싶다.

갓바위

- 가위, 바위, 보!

‘가위’는 한 계단
‘바위‘는 세 계단
‘보’는 다섯 계단 오르기다!

동생과
가위, 바위, 보 놀이하며
앞서거니
뒤서거니

- 와!
  커다란 부처님이다.
  커다란 갓을 쓰고 있네.

한 가지 소원 꼭 들어준대.

- 엄마, 아빠! 무슨 소원 빌었어요?
- 우리 가족 건강 빌었지.

- 넌 무슨 소원 빌었어?
- 몰래 형아 봤지, 형아는?
- 비밀!

내가 졌다 네가 이겼다

허리 다리
편찮으신 우리 할머니

똥 떨어진 대청마루 청소하며
제비랑 협상을 해요

- 지지구 제지구 삐~~~
  제지구 지지구 삐

- 그려 그려 알았어
  미안혔다 자꾸 내쫓아서
  집 지어 새끼 까고 잘 키워 나가렴

올해도 아가 제비 다 자랄 때까지
대청마루 쓸고 닦기 하마.

두 별

노을 진 하늘에
반짝반짝 별 하나

세 살배기 아기가
- 벼야! 벼야!

엄마가 불러도 모르고
- 벼야! 벼야!

노을 물든 땅에도
아장아장 별 하나.

햇볕 따스한 날

하얀 머리
허리 굽은 할머니

베란다에 나와
골목길을 내려다봅니다

바삐 걷는 택배 아저씨
느릿 걷는 할아버지
쫄랑쫄랑 강아지

한눈팔지도 않고 열심히 봅니다
햇볕 따스한 때
나와보는
할머니의 그림책.

아침 인사

세 살배기 내 동생

출근하시는 엄마에게

- 안 다녀오세요~~
한다

엄마는 대답 대신
꼬옥 안아주신다.

미술관에서

엄마와 아빠가
그림을 보며
갸웃갸웃 끄덕끄덕

나는
덩달아
갸웃갸웃 끄덕끄덕

모두 다
그림 속에 빠져
갸웃갸웃
끄덕끄덕.

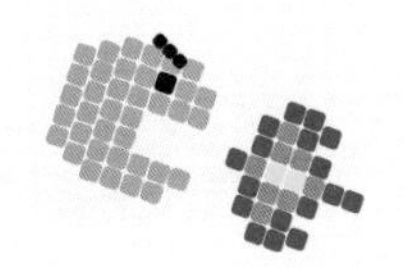

2부

산들바람

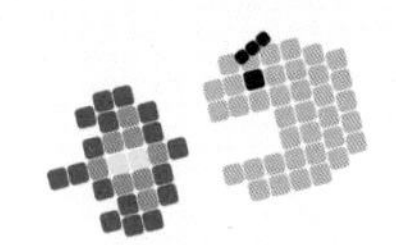

기다리기

무슨 일 생긴 걸까
약속 시간 벌써 지났는데…

안절부절못하는
나를 보고

벤치 아래 노란 씀바귀꽃
방긋 웃는다

- 조금만 더 기다려
  곧 올 거야.

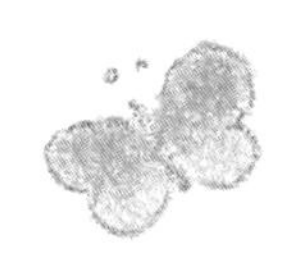

부채

여름 공원 벤치에

커다란 나비가
하나, 둘, 셋, 넷…

할머니들 손에 앉아
너울너울 너울너울

살랑살랑
이는 바람에

여름이 간다.

강아지풀

풀섶에서
흔들흔들
신이 났어요

풀섶에다
얼굴 쏙 가리고

바람아 잡아봐라
내 꼬리 잡아봐라

바람아 흔들어봐
내 꼬리 흔들어봐

풀섶에서
까불까불
까까불.

외계인이다

산골 물 도란도란
송사리들 옹기종기
신나게 노는 곳에

페트병이
같이 놀자고 왔다

두 눈이 똥그래진
산골 물들
송사리들.

이끼

나무도 이불을 덮었네
초록 이불이야!

여름 감기 들까 봐
살포시 발목까지 덮어 줬네

내가 잠잘 때
살며시 이불 덮어주는

우리 엄마처럼.

늦여름 밤의 이중주

늦여름 깊은 밤

쓰르람 쓰르람

쓰스삭 쓱삭

쓰르라미와 여치가
펼치는 이중주

여름을 배웅하고

가을을 마중하고 있다.

나무의 신발

참나무 뿌리가
소나무 뿌리가
앙상하게 나왔다

너희들의 흙 신발을
바람과 비가
살곰살곰
벗겨 갔구나

발 시려 어떡하니

내가
찾아 신겨줄게.

친구 사이

파도와 함께

뒹굴고
부딪치고
끌어안고

함께한 날들

모두가

둥실둥실
조약돌.

시간여행

뚝딱뚝딱 뚝뚝 딱딱
기운찬 망치질

원뿔 모양 우리 집
숲 속에 지어요

쏴아쏴아 쏴아
초록 바람
내 귀를 살짝살짝 잡아당겨요

깜빡깜빡
별들이 인사를 해요

별
바람
숲이랑
시간여행 합니다.

해거름 바다

하늘과 바다가
꽃물이 들면

멀리 나갔던 물
자박자박 돌아오고

소나무 가지에
걸터앉았던 해님
서둘러 가고

갈매기는
노을 돌돌 감으며
모래톱에 일기를 써요.

어쩌나요

이슬비 오는 저녁

달맞이꽃이
노란 꽃잎들을
가만가만 펼쳐요

그런데
어쩌나요
비가 그치질 않아요

달님은
달맞이꽃 보고 싶을 텐데

달맞이꽃은
달님 기다리는데.

조약돌 소나타

바닷물 들락대는
바위 틈새에
조약돌
하나가 들어있어

하얀 파도 손이
연주하는
악기야

달그락 달그락
딸그락
딸그라락.

산들바람

방울방울 땀방울
닦아주고

따끔따끔 아픈 마음
감싸주고

지구만 갖고 있는
손수건이지.

사탕 옷

둘레길에 떨어진
반짝이는 비닐조각

가까이 보니
사탕이 입던 옷

사탕은 모두
빠스락빠스락 반짝반짝
깔롱쟁이*

나도
사탕이 되고 싶어
달달한 사람이 되고 싶어.

* 깔롱쟁이: '멋쟁이'의 경상도 방언

일기

철원 노동당사에 갔다
멀리서 보아서는 멋진 건물이었다
가까이 가서 보니
온몸이 구멍 숭숭
총탄 자국이래
그 틈새에서
풀꽃이 살며시 고개 내밀고 있었다
영혼들이었을까?
풀꽃을 가만히 어루만져 주었다
가슴이 두근거리며 눈물이 났다
온종일
그 풀꽃들이 생각나는 날이다.

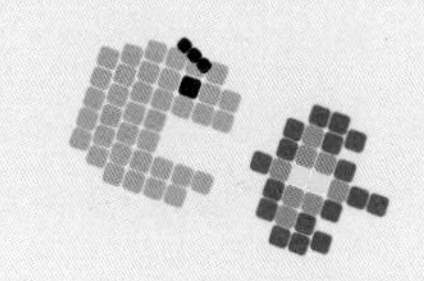

3부

진짜 부자

가로등

은행나무 노란 등 켜고

단풍나무 빨간 등 켜고

길가에 서 있어요

가을이 환해요

우리도 환해요.

가랑잎의 신발

늦가을 바람 불면

걷고

뛰어다니는

소리 고운 가랑잎

넌

어떤 신을 신었니?

가을 들판

농부 아저씨의
땀방울이 여물어
황금이 되었어요

네모난 그릇마다
그득그득
담겼어요

행여나 흘릴까
바람도
조심조심 오가네요.

숲속 숨바꼭질

도토리
모자 벗어 던지고 어딜 갔을까
나뭇잎 뒤에 숨었나

바람아
다람쥐가 묻거든
모른다고 해줄래?

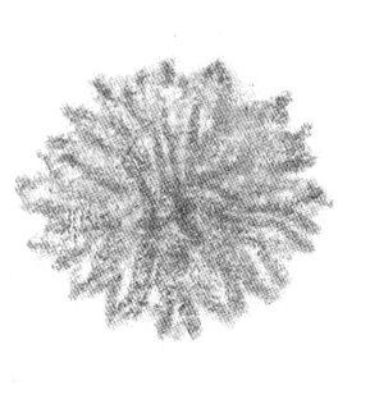

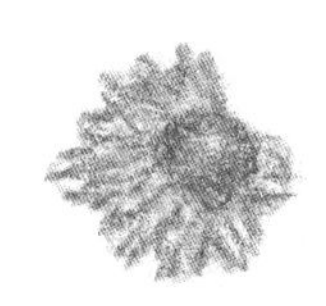

밤톨이
털옷 벗어 던지고 어딜 갔을까
덤불 속에 숨었나

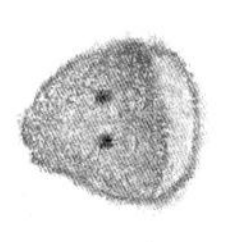

바람아
청설모가 찾거든
못 봤다고 해주렴.

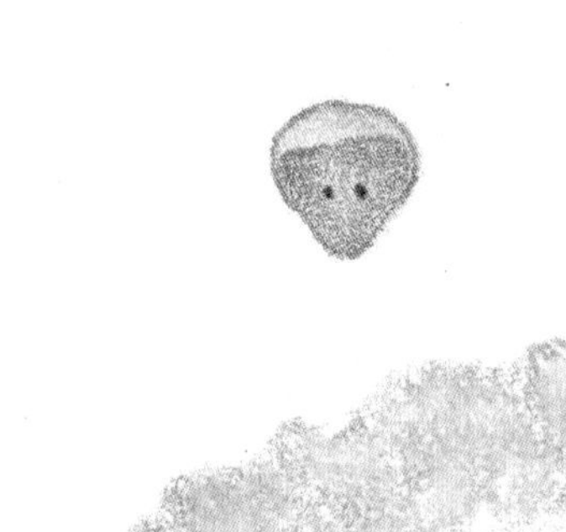

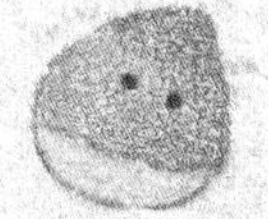

힘내

9월
좁은 골목에 돋아난
나팔꽃 새싹아

어쩌다 이리 늦었니…

쑥쑥 자라서
힘차게
나팔을 불렴

너를 믿어.

가을볕

우리 집에 놀러 오신 할머니
자꾸 베란다로 나가
하늘만 보신다

- 해가 이리 좋은디…
- 배추가 물 달라 헐 틴디…
- 돈부콩이 껍데기 까달랴…

온종일
들락날락

아무래도 가을볕에게
할머니를 양보해야겠다.

할머니 놀이터

이른 봄
땅 문 열고 나오는 마늘 싹

여름엔
조롱조롱 고추 열리고

가을이면
나란나란 배추가 줄을 서지

눈 내리는 겨울
새봄 꿈꾸며 잠자는
작은 텃밭

할머니 놀이터.

물꽃

햇볕과
바람이
신나게 노는 강

물꽃
반짝반짝
피어난다

햇볕이 가꾸고
바람이 피우는 꽃

나는 팔랑팔랑 나비 되어
날아가 앉는다.

가을을 데리고 가는 아이

지하철 안에서
아이가

커다란
플라타너스 잎을

제 얼굴에
대었다가
떼었다가

엄마 얼굴에도
대었다가
떼었다가

웃는 승객에게도
대었다
떼었다

가을을 가지고 논다
가을을 데리고 간다.

날아다니는 별

조그마한
빛 하나
깜박이며 다가오다
휑 돌아서네

먼 길 날아와
이내 가버리다니…

기다려도
기다려도
오지 않네

가장
가까웠던
별

반딧불이.

진짜 부자

남한강 물오리 떼

날다
쉬다
물질하다

밤이면
풀섶에서
잠을 청한다

강물도 그들의 것
풀섶도 그들의 것.

바람 손

가느다란 날개 파르르 떠는
씀바귀 씨앗

어여 차!

햇볕 드는 바위 곁에
살포시 내려놓는
바람 손

그 손
눈으로
꼬옥 안아주었다.

구름만 보면

하얀 뭉게구름 보면

군침이 꼴깍 넘어가
내 팔은 하늘로 뻗어

야금야금 베어 먹고
살몃살몃 핥아 먹어

할아버지께서
사주신 솜사탕을
먹은 후부터야.

발걸음 소리

혼자 골목길을 걸을 때
같이 걷는 내 발걸음 소리

내가 기운 없을 때는
타박타박

내가 생각에 잠길 때는
뚜벅뚜벅

집까지
함께하지.

거리의 피아노

느티나무 아래서
울려 퍼지는 피아노 소리

손은
나비가 되어
검고 하얀 건반 위를
날아다닌다

우리들 마음도
날아오른다

나뭇잎들
좋아서 손뼉을 치고

바쁜 마음이
쉬어간다
나무그늘 아래서.

4부

호두까기 인형

설날 아침

- 할아버지 할머니
새해 복 많이 받으세요.
새배를 드려요

- 건강하게 잘 자라세요.
한 마디 더하는 내 동생

- 허허 할아버지 키가 하늘까지 닿겠는걸.

깔깔깔
껄껄껄

새해 복 웃음꽃 피웠어요.

책갈피

내 책갈피는
친구가 보내준 엽서야

손글씨에서
친구 목소리 들려와

책 읽기 전에
책 덮기 전에

만나는 친구.

눈

밤새
싸락싸락 내린 눈

햇볕이
야금야금 다 먹었어요

다음엔

해보다 먼저 일어나
뒹굴뒹굴 놀 거예요.

옛날 놀이동산

아침밥 먹고 나면

해는
토방 가로 아이들을 불러 모았대

그림자가
짧아질 즈음
아이들은 산으로 들로 내달렸대

해가 잡아당겨 주고
바람이 등 밀어주었대

참 신나는 겨울이었대.

가짜 갈비뼈

밤하늘 별 보며 걷다가
눈길에서

꽈당!

쿡쿡 쑤시고
숨쉬기도 힘들어져
병원에 달려갔어

- 8번 가짜 갈비뼈가 골절됐네요.
의사 선생님 말씀

어!
그런데
가짜가 왜 이렇게 아픈 거지?

호두까기 인형

\- 채아야,
  호두까기 인형* 만나러 갈까?
\- 어디 있는데요?
\- 응,
  둥그런 모양의 까만 집에 살지
  그럼 만나보러 갈까?

할아버지가
레코드판 위에
바늘을 올리자

호두까기 인형이
쿵 짝 짝
쿵 짝 짝
힘차게 문을 열고 나오네요

호두까기 인형: 차이코프스키 발레 모음곡 〈Op.71〉

나는
할아버지랑 호두까기 인형이랑
신나게 춤을 추었어요.

12월의 진달래꽃

찬 공기와 더운 공기가
힘겨루기를 한다

엎치락뒤치락

더운 공기가 이겼다

하얀 눈꽃 자리에
진달래꽃 피어
웃고 있다.

전광판

반짝반짝
초록 글씨

- 어제
- 사망 0명, 부상 0명

와우!

모두 모두 조심운전 했나 봐요
모두 모두 배려운전 했나 봐요

미소 짓게 하는 전광판.

마음 시소

- 게임 이젠 안 할 거야
  숙제 먼저 하고 놀아야지.

- 게임 딱 한 판만 해
  숙제는 좀 있다 해도 되잖아.

두 마음이
오르락내리락

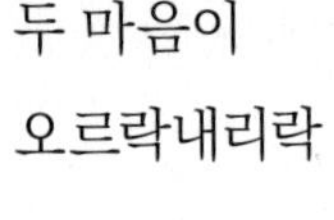

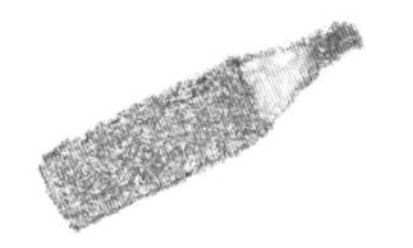

곰곰 생각해봤어
무엇이 더 무거울까

숙제라는걸
바로 깨달았어.

1월 아침

햇살이
거실 깊숙이 놀러 온 아침

거실에서 책 읽는 마음
찾아온 햇살만큼 밝아요

창밖 소나무도 같이 읽고 싶어서
그림자 팔 뻗어
책 위 글자들 짚어가며 읽어요.

까마귀

너는
왜 그렇게 울어
좀 더 예쁘게 울 수 없냐

까만 옷을 입고
까아악
깍!

꼭
화날 때 우리 형아야.

싫어요

세수하자
싫어요

아침밥 먹자
싫어요

어린이집 가야지
싫어요

세 살배기 내 동생
싫어요 놀이에
빠졌어요.

가시

맞아!
신이 나서
그 기분 주체 못 해 그랬을 거야

그런데
가~끔~은

지나친 너의 장난이
날 힘들게 해

친구야

언젠가는

내가
가시가 될지도 몰라.

산꽃다발

산은
사계절 꽃집

친구랑
이야기꽃 피우며
산길 걷노라면

언제나
꽃다발을 마련해 놓았다가
살며시 안겨주어요

진달래
으아리
산국화
그리고 하얀 눈꽃을.

남자 같은 엄마

엄마랑
대학로를 거닌다

꼬마전구 반짝반짝
타로점집이다

- 모습은 여자인데
  마음은 남자요

엄마가 앉자마자
아저씨가 하시는 말씀

하하하
15년간의 수수께끼 풀렸다.